KB209912

황석영의
어린이
민담집

그림 최준규

대학에서 서양화를 공부한 뒤 그림책 작가가 되어 20여 년 동안 그림 그리는 일을 하고 있습니다. 수채화, 아크릴, 먹, 디지털 등 다양한 기법으로 그림 그리는 것을 좋아해서 계속 기법을 연구하고 있습니다. 『또박또박 또박이』, 『초원의 파수꾼 기린』, 『초등학교에 가요』, 『황금 인어 에일리』, 『사람이 되고 싶어』, 『똥아, 똥아 나와라!』, 『혼자 보낼 순 없잖아』, 『무럭이의 공 찾기』, 『아리영과 사리영』, 『하꿍, 괜찮아』, 『허난설헌』 등을 그렸습니다.

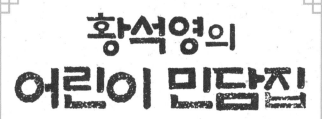

황석영의 어린이 민담집

22 · 서낭 도령

글 황석영 · 그림 최준규

아이휴먼

작가의 말

　예전에는 할아버지가 손자, 손녀들을 모아 놓고 화롯불에 밤을 구워 주시며 옛날이야기를 들려주셨습니다. 또한 여름밤에 집 마당에 멍석을 깔고 누워 찐 옥수수도 먹고 하늘의 별들을 헤아리면서 할머니가 해 주시는 옛날이야기를 듣다가 슬그머니 잠이 들기도 했지요.

　할아버지가 주름진 얼굴을 더욱 찡그리며 "이놈, 혼내줄 테다!" 하고 도깨비방망이로 때리는 시늉을 하면, 우리 어린 것들은 기겁하면서 뒤로 넘어졌어요. 할머니가 갑자기 두 팔을 번쩍 들고 손가락을 움키면서 목소리를 바꿔 "떡 하나 주면 안 잡아먹지!" 하면, 정말로 호랑이가 할머니 옷을 입고 나타나기라도 한 듯 우리는 비명을 지르며 목을 움츠리고 눈을 꼭 감아 버렸고요.

　우리 민족은 예로부터 노래하고 춤추기를 잘했다고 하는데, 이야기하기는 더욱 잘하고 즐겼다고 생각해요. 밭두렁, 논두렁, 사랑채, 행랑방 등에서 노래하고 춤추고 신나게 풍물놀이 하고, 재

미있는 이야기를 서로 전하면서 울고 웃으며 살아왔던 것이지요. 강 하나 건너고 산이나 고개 하나 넘으면 말투와 음식이 달라지듯이, 마을마다 고을마다 전해 내려오는 이야기는 제각기 다르고 참으로 많기도 했지요.

오늘날에는 컴퓨터나 스마트폰이 있어 온 세계의 이야깃거리를 만나기가 아주 편리해졌어요. 안데르센의 동화, 그림 형제의 민담, 그리스 로마 신화 등을 손쉽게 읽을 수 있고, 인공지능이 창조해 낸 이야기도 공중을 날아다니지요. 이런 다양한 이야기들은 어린이들에게 상상력과 창의력을 심어 주고, 무한한 꿈을 꿀 수 있게 도와줍니다.

지금은 우리네 할머니, 할아버지가 들려주시던 옛날이야기들이 어린이들에게 직접 전해지는 시대가 아니게 되었지요. 그럼에도 우리 옛이야기는 어린이들의 마음속에 정체성을 심어 준다고 생각해요. '나는 누구인가?'를 알게 해 주는 것이지요. 우리가 바

갚 세상에 나가서 다른 나라 사람들을 만났을 때, 우리 자신의 정체성이 마음속에 자리를 잡고 있다면 좋겠어요. 나 자신을 사랑하는 이가 다른 사람도 사랑할 수 있으니까요. 그것이 세계 속의 나와 우리일 거예요.

이제 한반도를 넘어 세계시민이 될 어린이들이 우리 이야기를 통해 '나는 누구인가?' 하는 물음에 답을 찾았으면 하는 바람에서, 우리 옛이야기를 모아 '황석영의 어린이 민담집'을 펴냅니다.

우리 어린이 독자들뿐 아니라 엄마 아빠들도 아이들의 잠자리 머리맡에서 이 이야기들을 함께 도란도란 읽어 보았으면 합니다. 그날 밤에는 어른과 아이가 같은 꿈을 꾸게 될 거예요.

황석영

차
례

황석영의 어린이 민담집

서
낭
도
령

　　옛날 어느 마을에 마흔 살 남짓한 사내가 살았어
요. 겨우 품팔이나 하여 먹고사는 주제에 아이는 올
망졸망 여덟 명이나 되었답니다. 매일 일거리를 찾아
다니며 온갖 잡일을 해 주고 돈이나 양식거리를 조금
받아 오면 그걸로 온 식구가 근근이 살았지요.

　　집이라고 해 봐야 땅을 파서 마련한 움집 같은 곳
이었습니다. 변변한 대문도 없이 돌쩌귀로 거적때기
한 장 매달아 문으로 삼았어요. 들고 날 때면 엎드려
기어 들어가고 기어 나와야 했지요.

　　섣달그믐날, 사내는 그날따라 일거리를 잡지 못하
여 온 식구가 그냥 들어앉아서 굶고 있었대요.

　　이제 하루 지나면 설날이라 집집마다 떡을 했고,

이웃집 아이들이 떡을 한 뭉치씩 들고 와서 사내의 집 거적문 앞에서 먹고 있었어요. 사내의 집에서는 떡은커녕 죽도 못 끓이는 판인데, 동네 아이들이 떡 뭉치를 하나씩 들고 먹는 걸 보고는 그 집 자식들이 몰려 나갔어요. 떡 조금만 달라고 사정해 봐도 아무도 거들떠보지 않았지요.

품팔이 사내가 어찌나 속이 상하던지, 떡을 든 아이들에게 부탁했습니다.

"얘들아, 그 떡 조금만 떼어서 우리 애들 좀 나눠 주렴. 저 봐라. 먹고 싶어서 눈물까지 흘리면서 바라고 기다리며 섰잖냐. 그러니 조금만 떼어 줘라."

하지만 아이들은 누구도 떡을 떼어 주지 않고 그냥 도망쳐 버렸어요. 그 집 자식들은 떡 가진 아이들이 사라지자 더욱 애가 타서 울어 댔지요. 그 모습을 보자 사내는 피눈물이 나는 것 같았습니다.

"에잇! 내가 이 세상 떠나 죽어 버리면 고만이지."

사내는 아무도 모르게 앞산에 올라 가지고 온 새끼 줄을 맞춤한 낙락장송 소나무 가지에 매었습니다.

새끼줄로 올가미를 만들어 머리를 들이밀고 목을 매려는데, 어디선가 키가 구 척(한 척은 약 30cm)이나 될 만큼 크고 어깨가 떡 벌어진 총각 녀석이 달려오더니 사내의 두 다리를 잡고 올가미를 풀어 훼방을 놓지 뭐예요.

사내는 아래 딛고 있던 바위에 선 채로 총각을 향해 소리쳤어요.

"당신 누구요? 왜 내가 세상 뜨지도 못하게 방해하는 거요?"

그러자 총각은 아무 대답도 없이 뒤로 돌아 몇 발자국 갔습니다. 사내가 두 번째로 목을 매려는데, 길 가던 총각이 다시 돌아와서 막는 거예요.

세 번째 목맬 때도 총각은 또 와서 막았습니다.

"여보시오! 남이 살기 싫어서 목매고 죽으려는데 그냥 놔두지 왜 자꾸 말리는 거요?"

총각은 이번에도 아무 대답 없이 어둠 속에 우두커니 서 있기만 했어요. 그러다 사내가 바위에서 내려오자 총각은 부지런히 제 갈 길을 갔습니다.

사내는 '이제 됐다' 싶어 다시 바위에 올라가 올가미에 머리를 들이밀고 발끝으로 딛고 있던 바위를 밀어냈어요. 그러자 올가미가 대번에 목을 꽉 조이면서 숨이 막혀 왔지요. 그런데 어디서 또 나타났는지 아까 그 총각이 바람처럼 달려와서는 사내의 두 다리를 껴안고 치켜들어 올가미를 풀어 버리지 뭐예요.

사내는 머리끝까지 화가 났습니다. 그이는 땅바닥에 두 다리를 벌리고 앉아 소리를 질렀어요.

"야, 이놈의 자식! 너 어디서 나타난 뉘 집 놈이

냐? 너부터 죽이고 내가 죽을까, 어떡할까? 죽으려는 사람 어서 죽게 두지는 못할망정 방해나 하고 있으니, 네가 앞으로 나를 먹여 살릴 테냐? 다시 훼방을 놓으면 너를 먼저 때려죽이리라, 이 나쁜 놈!"

어둠 속에 우두커니 서서 사내를 내려다보던 덩치 큰 총각은 그제야 입을 열었습니다.

"여보시오, 죽지 마시오. 아무리 그래도 허구한 날 다 제쳐 두고 설 전날 죽으려고 하는 사람을 살리려는 내가 그리 나쁜 사람은 아니지 않겠소? 그러니 죽지 마시오. 아니면 죽을 때 죽더라도 무엇 때문에 죽으려는지 그 사정이라도 얘기해 보시오."

총각의 말에 사내는 자기 팔자를 풀어놓았어요.

"나는 강원도 산골에서 태어났는데 어려서 일찍이 부모님이 돌아가시고, 날 돌봐 줄 혈육 하나 없었다네. 그래서 한동안 남의집살이(남의 집안일을 해 주며

그 집에 붙어사는 일)를 하게 됐지. 그러다 한양 도성 쌓는 부역(나라에서 큰 공사를 할 때 백성에게 일을 시키는 것)에 동원되어 대처에 올라왔고, 그때 아내를 만나 혼인했어. 그렇게 어느새 처자식과 오두막집도 가지게 되었지."

그러나 날이 갈수록 일거리가 줄어들고 기력도 예전 같지 않아 가난을 벗어날 길이 없자 차라리 죽으려 했다는 것까지 모두 털어놓았어요.

사내의 이야기를 다 들은 총각 녀석이 말했어요.

"여보오, 그러면 나를 따라오시오. 나도 하루 벌어 하루 먹는 사람이오. 당신도 품을 팔아 먹고산다고 하니 나를 따라오면 내가 쌀을 반 말쯤 주겠소. 그걸 가지고 가서 식구들과 설을 쇠시오. 우리 둘 다 비슷한 처지인데 어려울 때 서로 도우면 다음에는 당신이 날 돕게 될지 누가 알겠소?"

강원도 사내는 생각했어요.

'말 못 할 속내까지 다 털어놓았고, 서로 어려운 형편인데 쌀 반 말이라도 보태 준다고 하니, 그래 까짓것 속는 셈 치고 한번 따라가 보자.'

그렇게 총각이 성큼성큼 앞장서고 사내는 그 뒤를 따랐어요. 성문 밖 외진 길로 가다가 반쯤 무너진 탑과 잘생긴 소나무 한 그루가 남아 있는 옛 절터에 다다랐지요. 마당 앞 돌계단에 쌀자루가 하나 놓여 있었으니, 총각의 말이 거짓은 아닌 듯했어요.

총각은 어디서 멍석을 가져다 마당에 펼치고는 쌀자루를 거꾸로 들어 쌀을 모조리 쏟아 놓았어요. 그

리고 그것을 반으로 딱 갈라 두 무더기를 만들더니 그중 한 무더기를 자루에 담아 사내에게 건넸습니다.

"자, 한 무더기는 당신이 가지고 가서 어린것들과 설을 쇠시오. 다른 한 무더기는 내가 갖고 가서 설을 쇠지요."

헤어지기 전에 총각은 강원도 사내에게 조리 있게 이야기했어요.

"여보시오, 당신은 오늘 설 전날이라 일거리가 없어서 품을 못 팔았다고 했지요? 나는 이 쌀이 어떻게 생긴고 하니, 집집마다 다니며 이 말 저 말 들어 주고 물도 퍼 주고 떡도 쳐 주고 불도 때 주고 이랬더니, 떡 주는 집 있고 밥 주는 집 있고 술 주는 집도 있어 잘 얻어먹고 다녔소. 또 집집에서 쌀을 주기에 주는 대로 받아다가 모아 놓고 드디어 밥을 지으려

는데, 맞은편 고개 위에서 당신이 목을 매려는 게 보여서 당장에 달려가 살리려 한 거요. 나는 내 할 바를 다한 셈이니, 당신은 이 쌀 갖고 가서 처자식과 명절 잘 쇠고 앞으로 열심히 살아가면 됩니다."

쌀을 받아 든 강원도 사내는 총각에게 고맙다는 인사를 몇 번이나 하고는 집으로 돌아갔어요. 그는 낯선 총각에게서 얻은 쌀을 아내에게 내주며 말했지요.

"여보 마누라, 이 쌀이 괴이하게 얻은 쌀인데 이것으로 몽땅 떡을 만듭시다."

영문을 모르는 아내는 남편에게 되물었어요.

"아니, 떡이야 그 쌀 반만 써도 충분한데, 우리도 밥 끼니는 해 먹어야 하지 않겠어요?"

사내는 호기 있게 아내에게 말했어요.

"우리도 저 어린것들 떡 한번 실컷 먹여 줍시다. 동네 아이들처럼 원 없이 먹이자고. 우리 어른이야

굶어도 괜찮지 뭘. 한 사나흘 굶으면 어때."

　이윽고 부부는 떡을 만들기 시작했어요. 쌀을 찧어 시루에 넣고 쪄서 떡판에 올리고, 남편은 떡메로 치고 아내는 반죽을 뒤집어 가며 떡을 만들었지요.

　아이들은 벌써 부모 발아래 모여들어 "아버지, 떡 좀 주오.", "어머니, 떡 좀 줘요." 했답니다. 부부는 보채는 자식들을 달래면서 떡 만들기를 계속했어요.

　"이제 떡 다 되어 간다. 조금만 참아라!"

　그런데 글쎄 일이 벌어졌습니다. 떡이 떡판에서 한 덩어리가 되어 조금 있으면 꺼내기 딱 좋을 만큼 잘 되었는데, 저 얼굴도 컴컴한 협수룩한 총각 놈, 강원도 사내가 목매달고 죽으려 할 때 살려 주고

달래 가며 쌀 주던 놈, 그놈이 어디선가 달려들어서
는 솔개가 병아리 채 가듯 떡 뭉치를 휙 집어 들고 내
빼는 게 아니겠어요?

강원도 사내는 영문도 모르는 채로 떡 뭉텅이를 들
고 달아나는 총각을 잡으려고 뒤를 쫓아갔지요.

"야, 이 녀석아! 떡 내놔라!"

총각은 사내와 소 두어 마리 줄지어 걸을 만한 거
리를 둔 채 달려가는데, 사내가 아무리 죽을힘을 다
하여 달려도 총각과의 거리는 절대 좁혀지지가 않았
어요. 어쩐지 영 붙잡히지 않을 것 같단 말이지요.

게다가 총각 녀석은 달리면서도 사내가
쫓아오나 살피듯 뒤를 돌아보고는
떡 뭉텅이를 큼직하게 베어
먹기도 했어요. 한번 돌
아보고 성큼 베어 먹
고 달리고, 또 한 번
돌아보고 성큼 베어
먹고 하는 바람에

떡 뭉텅이는 다 없어지게 되었지요.

"이놈아! 사람을 하루 종일 약을 올리니 이게 대체 무슨 고약한 심보더냐? 잡히기만 해 봐라. 뼈도 못 추리게 할 것이다!"

그런데 앞서 달리던 총각 놈이 어디론가 재빨리 들어갔어요. 남산 아래 양지바른 곳에 자리 잡은, 이 고을에서 제일가는 부잣집이었지요. 총각이 뛰어가니 솟을대문이 활짝 열리고 행랑채 마당 지나 그대로 사랑채 문까지 열렸어요. 총각은 그 안으로 사라져 버렸습니다.

분이 머리끝까지 치오른 강원도 사내는 곧장 사랑채로 들어가 불빛이 환한 방문 앞까지 갔어요.

"옳다구나, 이제는 잡았다!"

사내는 방문을 벌컥 열고 안으로 뛰어들어 다짜고짜 보료에 앉은 사람의 멱살을 잡았습니다.

"누, 누구요?"

강원도 사내가 정신을 차려 보니 자기가 멱살 잡은 사람은 총각이 아니라 나이가 팔십은 들어 보이는 양반이었습니다. 노인은 흰 수염 기르고 머리에 정자관 쓰고 책상 앞에 앉아 책을 읽던 중이었지요.

사내는 총각 놈이 무슨 요술을 써서 노인의 모습으로 변신한 것이라 짐작하고는 잡은 멱살을 쥐어흔들며 외쳤어요.

"이 나쁜 놈아, 내 떡 뭉텅이 내놓아라! 이 귀신이 잡아갈 놈이 내 떡 뭉텅이를! 에잇, 병이나 걸릴 놈! 내 떡 뭉텅이! 떡 뭉텅이 돌려내라!"

사내가 숨이 턱에 차오르도록 멱살을 잡아 흔드니 노인은 갑작스러운 난동에 정신이 나갈 지경이었어요. 몸이 계속 거칠게 흔들리니 머리가 핑글핑글 돌고, 고함 소리가 시끄럽게 귀를 울려 댔지요.

"아니, 설 전날에 어디 사는 웬 놈이 들이닥쳐 행패인고? 여기가 어디라고, 내가 누구인 줄 알고!"

노인의 불호령에 강원도 사내는 눈을 사납게 부릅뜨며 방 안을 둘러보았습니다.

"여기 어디 재떨이 없나? 저기 목침, 저 장기판, 저 무쇠 화로가 있구먼."

그러더니 옆에 있던 무쇠 화로를 치켜들고 부자 노인에게 외쳤어요.

"떡 뭉텅이 내놓아라! 아니면 바로 쳐 버릴 테다!"

그러자 노인은 소스라치며 비명을 질렀습니다.

"애고 사람 죽는다! 가만, 가만있게나. 떡 뭉텅이 줄 테니 그거 좀 내려놓고 이야기하세! 저, 저기, 밖에 누구 없느냐?"

노인의 목소리에 하인 두엇이 달려와 방 안을 들여다보았어요.

"애들아, 떡 뭉텅이 때문에 섣달그믐에 사람 죽겠다. 당장 떡 한 뭉텅이 크게 뭉쳐 오너라. 하여튼 크게, 크게 뭉쳐 와. 안 그러면 사람 죽는다."

노인은 하인들에게 그렇게 시키고 나서 사내를 슬쩍 보았어요. 새카만 눈을 보니 아주 글러 먹은 나쁜 사람 같지는 않았지요. 노인이 잠깐 생각하다가 다시 하인들을 불러다 고쳐 말했어요.

"아, 가만 좀 보자. 이리 와 봐라. 챙길 게 더 있겠다. 떡 뭉텅이 크게 뭉쳐 고소한 참기름에 푹 담그고 나서, 저어기 마구간에 있는 작은 얼룩빼기 송아지 등에다 실어라.

그 떡 뭉텅이뿐 아니라 쌀도 한 가마 실어라. 저런 놈의 집구석에 장작이나 변변하게 있겠느냐? 그러니 장작도 한 짐 실어라.

장작 싣고 그 위에 덤짐으로 그, 그 소갈비 한 짝

싣고, 소고기 양지머리, 내일 아침 떡국 끓여 제사 지내려던 그 고기도 싣고, 돼지고기도 살이랑 비계까지 골고루 한 아름 실어라.

이렇게 덧짐 잔뜩 실은 다음, 그 송아지를 대문 앞 감나무 아래 끌어다 매어 놓아라. 그러면 이 사람이 몰고 가서 설 명절을 잘 쇠겠지. 너희는 이따가 잘 몰고 가는지 지켜보고 있거라."

하인들은 예이, 대답하고 달려 나가 노인이 말한 물건들을 금세 척척 갖다가 송아지에 싣고는 송아지를 끌어다 감나무에 매어 놓고 돌아와서 아뢰었어요.

"이르신 대로 하여 매어 놨습니다."

그러자 노인은 조금 마음이 놓였는지 보료에 기대 앉으며 강원도 사내에게 말했습니다.

"자아, 보아하니 내가 자네보다 나이가 많은 듯하니 '하게'로 말을 낮추겠네."

분이 가라앉은 사내는 얌전히 대답했어요.

"예, 말씀 낮추시지요."

눈에 보이는 것 없이 달려들던 조금 전과 달리 정신이 들자, 강원도 사내는 이 노인이 떡 뭉텅이 가져간 총각이 아니라는 것을 비로소 깨달았어요. 그리고 뉘우치는 마음과 부끄럽고 미안한 생각이 들었지요.

"정말 죄송합니다, 어르신. 제가 잠시 정신이 나갔었나 봅니다."

부자 노인이 사내를 가만히 보니 아까 자기가 생각한 대로인 거예요.

'이 사내가 나쁜 마음을 먹고 날 해치러 온 건 아닌 듯하다. 진정하고 보니 오히려 선한 사람 같구나. 사정이나 한번 들어 보자.'

그래서 마음을 내려놓고 말했어요.

"이보게, 편히 앉게. 미안하게 생각할 것 없으이.

편하게 앉아서 성명은 무엇이고 어디 사는지, 형편
내력을 애기 좀 해 보게."

　강원도 사내는 아까 낮에 총각에게도 들려준 자기
팔자 이야기를 했어요. 그리고 낮에 목을 매달려고
했는데 어떤 총각이 나타나 죽지 못하게 하고는 쌀을
나눠 준 일도 덧붙였지요. 그 쌀로 떡을 하여 아이들
에게 내주려는 찰나에 총각 놈이 나타나 떡 뭉텅이를

채어 갔다는 말도 했어요.

"아니 그런데 그놈이 바로 이 집, 이 방
으로 들어왔지 뭡니까?"

사내는 다시 의심스레 방 안을 살폈어요. 노인도
사내를 따라 자기 방 안을 휘둘러보고 물었어요.

"그 총각 놈이 쌀을 준 곳이 절터라고?"

"예, 무너진 탑도 있었습니다."

"거기 잘생긴 소나무가 한 그루 있지 않던가?"

"예, 뭐 소나무가 있긴 있었습니다."

사내의 대답에 노인은 고개를 끄덕였습니다.

"이제 무슨 연고로 자네가 내 집까지 오게 되었는지 잘 알겠네. 그 떡 뭉텅이가 자넬 살린 셈이구먼.

그 총각 놈이 쌀을 미끼 삼아 낚시를 한 걸세. 자네가 떡 뭉텅이 미끼를 덥썩 무니 그놈이 잡아당긴 게지. 그렇게 장난을 치고는 우리 집으로 달려와서 어디 숨은 모양일세. 그렇게 해서 자네가 내 집에 오게 된 게야."

노인은 인심 좋게 허허 웃으며 계속 말했어요.

"이제 사정을 다 알았으니 저기 덧짐 실어 놓은 송아지를 끌고 가게. 몽땅 가지고 가서 식솔들하고 다 같이 설을 잘 쇠도록 해. 그러고 나면 송아지도 장에 내다 팔고. 알겠는가?"

갑자기 횡재를 하게 된 강원도 사내는 노인에게 몇

번이고 감사 인사를 하고 떡에 고기에 쌀 등을 잔뜩
실은 송아지를 몰고 집으로 갔습니다.

　사내가 사라진 뒤에 부자 노인은 앉아서 곰곰이 생
각해 보았어요. 사내의 말을 들어 보건대 그 총각 놈
은 이 동네 소나무 서낭이 맞는 듯싶었습니다.

　서낭이란 땅과 마을을 지켜 주는 존재로, 고을마
다 있대요. 서낭은 고을 사람들을 도와주거나 재앙을
막아 잘 살도록 해 줍니다. 모습은 각기 달라서 아가
씨, 할머니, 노인 등으로 나타나는데, 아마도 이 고을
서낭은 기골이 큰 총각으로 나타난 모양입니다.

깊은 생각 끝에 노인이 중얼거렸어요.

"삼대 가는 가난 없고 부자 삼대 못 간다는데, 우리 집안은 다행히 몇십 대를 내려오도록 부자 소리를 들었다.

이런 일이 일어난 것은 서낭이 죽을 사내를 끌어들여 부자인 나를 경계하려 함이로구나. 이제 복과 재산이 나가려나 보다. 또한 서낭이 이리 나선 것은 저 사람을 구제하라는 뜻이기도 할 터.

그렇다면 내 것을 저 가난뱅이와 나누는 게 마땅하렷다. 아마 저 사내의 조상이 덕을 쌓았을 테지. 내 것을 나누면 나가는 내 복이 저 사내의 들어오는 복을 맞아 서로가 다 잘 살게 되리라."

그는 믿음직한 청지기를 불러 가만히 일렀습니다.

"네가 저 사람의 뒤를 따라가 어디에 사는지 형편은 어떠한지 잘 살피고 오너라."

청지기가 부지런히 따라가 보니 송아지를 몰고 가는 사내가 보였습니다. 청지기는 사내의 걸음걸이에 맞추어 따라 걸으면서 주인의 뜻을 전했습니다.

"저희 주인어른께서 댁네를 좋게 보셨는지 부디 명절 잘 쇠시고 나중에 집에 다녀가시랍니다. 별일이 없어도 식구처럼 자주 왕래하다 보면 친해지고 정도 두터워지지 않겠는가 하고 말씀하셨습니다."

"예, 예, 그렇게 하지요."

청지기는 사내가 집에 당도할 때까지 따라갔다가 그가 사는 집을 확인하고 돌아갔어요.

한편 사내의 집에서는 아내와 아이들이 그를 기다리고 있었습니다. 아내가 걱정스레 말했어요.

"너희 아버지가 떡 뭉텅이 찾겠다고 달려가시더니, 대체 어디로 가서 아직도 안 오는 건지 알 수가 없구나."

그때 아이 하나가 문가를 가리키며 외쳤어요.

"저기 아버지 오신다!"

그 소리에 아내도 고개를 들었더니 저 앞에 남편이 보였어요. 송아지에 온갖 것을 잔뜩 싣고 돌아오는 모양을 보고 아내는 아이들과 함께 뛰쳐나갔지요.

강원도 사내가 큰아이들에게 말했어요.

"애들아, 저 짐 좀 내리고 거들어라. 작은 것들은 저리 좀 비켜서라. 거치적거린다."

사내는 오랜만에 가장이랍시고 아내에게 으스대며 말했지요.

"여보, 송아지에 싣고 온 쌀에 떡에 고기가 그득하니, 뭐 이만하면 내일 설 잘 쇨 만큼은 되겠지? 그러니 남들처럼 떡이고 밥이고 고기도 실컷 잘 먹으며 설을 쇠어 보세나.

거기다 큰 재물이 연달아 들어오게 생겼어. 이 송

아지까지 내다 팔라고 했거든. 설 쇠고 나면 우리가 그 어르신 댁으로 세배하러 가세. 그 댁에서 우리더러 자주 좀 왔다 갔다 하며 다니라고 하셨어."

한편 부자 노인은 자기 아내인 늙은 안방마님과 자식 며느리를 앉혀 놓고 의논했어요. 노인은 고을 지킴이인 서낭이 나타났다는 말은 쏙 빼놓고, 그저 우리가 적선을 좀 해야 온 집안이 잘된다더라, 하면서 강원도 사내 얘기를 꺼냈지요.

"담장 밖에 회계 보던 이의 작은 기와집 한 채가 비었으니, 강원도 사내의 식구가 들어와 살도록 하면 좋겠구나."

노인이 말하자 식구들은 아무도 반대하지 않았습니다. 노인은 그러나 이것은 어디까지나 우리만의 생각일 뿐이니, 사내의 가족이 자연스럽게 친해져 우리와 함께 살게 될 때까지 서두르지 말자고도 했어요.

강원도 사내는 아내와 아들딸 여덟을 모두 데리고 부잣집에 세배하러 갔어요. 마침 기다리고 있던 청지기가 온 식구에게 새 옷을 내주며 갈아입도록 했지요.

사내 가족의 세배를 받은 노인 부부는 아이들에게 세뱃돈을 풍족히 주고 설 음식도 잘 차려 먹였습니다. 대접 잘 받은 사내가 가족들과 집에 돌아가려는데, 배웅하던 부자 노인이 물었어요.

"자네 내일은 뭘 하려는가?"

"뭐 별일이 없습니다."

"그러면 내일도 좀 놀러 오게."

사내는 이튿날 또 방문했어요. 사랑채 마루에 앉았다가 가만있기가 뭣해서 재떨이 갖다 비우고, 화로에 숯 채우고, 방바닥도 닦고, 밖에 나가 개똥을 집어다 두엄에 버리기도 했지요. 사내의 일하는 모습을 보니 어디 가서 공밥 먹을 위인은 아니었어요.

그렇게 일하다가 해가 질 때쯤 되자 강원도 사내가 주인 방을 기웃하더니 말했어요.

"어르신, 저는 심심해서 이제 그만 집으로 가 보겠습니다."

"아니, 심심하다면서 집에 간들 할 일이 생기나? 요즘 같은 농한기에 무슨 할 일이 있다고 그러나?"

"농한기라도 집에 가서 애라도 보든지 하죠."

"아, 그러면 잠깐 있어 보게. 자네 집에 입이 몇이더라?"

그러더니 노인이 안에 소리쳐 일렀어요.

"쌀 댓 말에 비린 반찬 좀 챙겨 주거라."

노인이 다시 사내에게 말했어요.

"그리고 내일부터는 자네 안사람도 내 집에 다니라고 하게."

사내는 쌀과 반찬을 들고 집으로 향했습니다.

사내가 아내에게 이야기를 전했습니다.

"자네도 나랑 같이 큰집에 가서 마나님께 문안 인사도 드리고 자주 다니라고 하시네."

다음 날부터 아내는 어린것들을 데리고 부잣집에 찾아갔어요. 마나님은 하녀들을 시켜 아이들 옷가지며 주전부리(끼니 이외에 먹는 군것질거리)를 내주고, 집에 갈 때면 각종 반찬과 먹거리를 짊어지워 보냈어요.

사내의 마누라 역시 큰집에서 그냥 놀고 있으려니 심심하여 삼을 삼고(삼 껍질에서 뽑아낸 가는 실을 비벼 꼬아 잇고), 방바닥 쓸고, 부엌에서 그릇을 닦기도 했어요. 그 집 마나님이 아낙의 일하는 모습을 보니 그 남편처럼 그냥 앉아서 공밥 먹을 사람은 아니었지요.

사내 부부의 됨됨이가 좋다는 것을 알게 된 부자 노인은 부부를 불러다 앉혀 놓고 슬쩍 권해 보았어요.

"이보게들, 이제는 아예 우리 집으로 이사해 올 궁

리를 하는 게 어떤가? 저쪽에 회계 보던 사람네가 쓰던 집이 있으니 온 식구가 들어와 살 수 있을 게야."

강원도 사내 부부가 사양하려고 하니 부자 노인이 설득했어요.

"아이들 서당에도 보내고, 식사 때는 식구들 모두 여기 들어와서 우리와 같이 먹으면 된다네. 이제 자네는 내 수양아들이니 아랫것들도 낯을 가리지 않을 걸세."

그러더니 자기네 집안 사정에 대해서도 상세히 말해 주었습니다.

"우리네 전장(개인이 소유하는 논밭)이 모두 시골에 있는데, 우리가 직접 농사짓지는 않고 일 년에 두 번씩 도지(남의 논밭을 빌려 농사짓고 그 대가로 내는 벼)를 받으니 그때만 조금 바쁜 집안이지. 우리는 그저 있는 재산을 잘 관리해 나갈 뿐이라네."

　　강원도 사내의 가족은 결국 부자 노인의 말대로 이
사를 하게 되었어요. 그 집에 들어가 여러 해를 살고
나서 노인은 사내에게 좋은 논을 여러 마지기 주라는
말을 남기고 먼저 세상을 떠났습니다.

　　그 뒤로 사내 가족은 부지런히 농사를 지었고, 도
지를 내고도 재산이 점차 늘어났지요.

　　세월이 꽤 지나도록 큰집도 망하지 않고 부자가 된
사내의 집안도 하는 일마다 잘 풀렸어요. 그렇게 해
서 이 고을에는 부잣집이 두 집이나 되었답니다.